大偵探福爾摩斯

逃獄大追捕II

SHERLOCK HOLMES

大偵探福爾摩斯

逃獄大追捕II

刀疤熊與馬奇

鐵壁監獄的操場上，十個囚犯分成兩隊，正在打籃球。操場兩旁站滿了其他囚犯，他們不斷的高聲吶喊，為自己擁護的球隊助威。

一個臉上有一道疤痕的大塊頭，雙手接住隊友傳來的球，在沒有人阻攔下，他一躍一射，「嗖」的一聲，輕易就把球射進距離十多碼遠的球籃中。

「嘩！老大好厲害啊！」

「真是**名副其實**的神射手！」

「簡直就是**彈無虛發**、百發百中！」

「太厲害了！老大

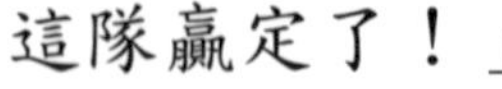

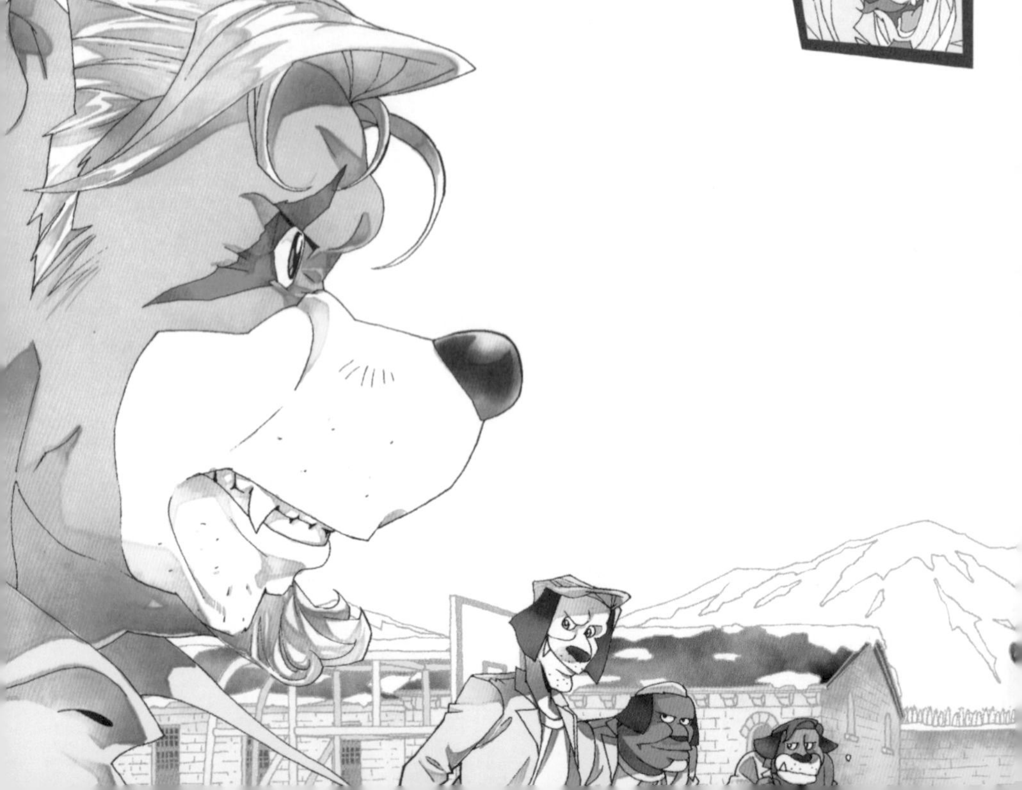

吶喊助威的囚犯興奮得**手舞足蹈**，讚歎之聲此起彼落。

這個大塊頭綽號**刀疤熊**，是囚犯中的老大。他**犯案纍纍**，進出監獄無數次，最後一次因殺人而判終身監禁，被關在這個鐵壁監獄已15年了。

「**老大！接住！**」隊員又把球傳到刀疤熊手中，他接過球後，先拍了幾下，突然加速

向着籃板運球前進。一個敵方的球員企圖攔截，但他伸出巨掌一拍，「**哇呀**」一聲慘叫響起，已把衝過來的球員扳倒在地上。

這明顯是**犯規**，但沒有人敢哼半句。場中球員和場邊的觀眾都知道，要是開口投訴的話，球賽完結後，自己肯定要捱一頓**毒打**。

一直站在場邊監視的獄警也不說話，看來他們對刀疤熊在比賽上犯規**習以為常**，只要沒有引發騷亂，就多一事不如少一事，由得刀疤熊逞一下威風算了。

「**嗖！**」的一聲，刀疤熊又射入一球。

「又入了！老大實在**所向無敵**啊！」場邊又響起歡呼聲。不過，也有些囚犯毫無反應，看來他們都不滿刀疤熊的橫蠻，只是**敢怒而不敢言**而已。

「老大！為大家表演一下**扣籃**吧！」一個刀疤熊的手下在場邊大叫，「我們想看看你的扣籃絕技啊！」

「**對！扣籃！扣籃！**我們要看老大表演扣籃！」啦啦隊齊聲起哄，刀疤熊臉上浮現出得意的笑容，看來對啦啦隊的歡呼非常受落。

就在這時，他的隊友剛好截住了敵隊的傳球，接着一下急傳，球又落在他手中。很明顯，刀疤熊的隊友都在為他製造機會，沒有人膽敢搶他的風頭。

他一接到球，突然大喝一聲，就像一頭蠻牛似的運球直往籃板下面衝去，本來擋在前面的敵方球員嚇得慌忙閃避，讓他如入無人之境似的，輕易地踏了兩步就提球上籃，當他伸直手臂企圖扣籃時——

突然，不知道從哪裏殺出一個黑影，他猛地從旁衝至，硬生生地撞向刀疤熊的腰部，「嘭」的一聲響起，刀疤熊失去平衡，被撞

嘭

得歪向一邊，他手上的籃球頓時失去方向，「啪」的一聲撞到籃邊上，彈到老遠去了。

刀疤熊冷不防受到這個攻擊，他落地時仍未取得平衡，踉踉蹌蹌的好不容易才站穩，但說時遲那時快，剛才撞他的那個黑影已掩至，一拳就打向他的面門！

「哇呀！」一聲慘叫響起，場裏場外的人都被眼前的景象嚇呆了，本來喧聲震天的球場頓然變得鴉雀無聲。

刀疤熊龐大的軀體已硬生生地倒在地上。

他搖一搖仍然有點昏眩的腦袋，然後才懂得摸一摸自己的嘴巴。這時，鮮血已從口內流出，他的手上還多了兩顆門牙。剛才那一拳打得很重，連他的門牙也打落了。

手上的鮮血令他霎時清醒過來，他怒不可遏地翻身躍起，企圖尋找那個襲擊他的黑影。然而，當他看清楚那黑影竟然是那個一向對他恭恭敬敬的手下時，不期然地大吃一驚。

「馬奇！你竟敢襲擊我？」刀疤熊以不可置信的語氣喝問。

那個被喚作馬奇的囚犯盯着面前的巨漢，冷冷地道：「嘿嘿嘿，我已受夠了。你平時作威作福就算了，但打籃球也那麼橫蠻，實在叫人看不過眼。你剛才扳倒了我們的隊員，我現在回敬你一拳，也算公道吧。」

「什麼？」刀疤熊大怒，「你活得不耐煩了！」說完，他猛地一蹬，就向馬奇撲過去。

突然，「砰！」的一聲槍聲響起，嚇得刀疤熊連忙剎停步伐。他回神一看，只見幾個獄警已手持長槍對準自己和馬奇，一個胖子的手槍指向天空，槍口中還冒着煙。這個胖子是獄長波利，看來他一直注意着球賽，一有異動，馬上就走出來鎮壓了。

「獄長！他襲擊我呀！」刀疤熊叫道。

「閉嘴！你們兩個都趴下來，把雙手放到背後！」獄長厲聲喝道，「否則別怪我的手槍無眼！」

馬奇順從地趴在地上，同一時間，嘴角卻浮現出一絲冷笑。

刀疤熊快氣炸了，但在槍口之下，也只好按命令趴下。不過，他那一雙佈滿了血絲的眼睛仍緊緊地盯着馬奇。

被嚇傻了的囚犯們都知道，那是一雙嗜血的眼睛，刀疤熊是個有仇必報的人，這次馬奇必死無疑。

「把馬奇關到單身牢房去！」獄長揚聲道，「他擾亂秩序，要關一個月！」

兩天後，刀疤熊和一眾囚犯在獄警監視下，又來到操場放風。

　　一個囚犯悄悄地走到刀疤熊身邊，輕聲道：「老大，據說馬奇逃獄了。」

　　「**什麼？**」刀疤熊大驚。

　　「我剛才偷聽到獄警們說的。」

　　「哦……」刀疤熊想了一下，才**恍然大悟**似的呢喃，「原來如此，怪不得他向我偷襲，原來目的是為了被關進單身牢房以便**逃獄**！太可惡了，竟然搶先我一步，破壞了我的**越獄大計**！」

＊有關馬奇逃獄後的經過，請閱《大偵探福爾摩斯⑱逃獄大追捕》。

「老大，你看。」那囚犯用眼神指向操場的另一邊，「與獄長一起的那幾個是蘇格蘭場派來的警探，他們一定是來追捕馬奇的。」

「哼！那個臭騙子，竟然在太歲頭上動土！」刀疤熊恨得咬牙切齒，「我一定要逃出去找他算賬，把他碎屍萬段！」

馬奇逃獄事件發生一年後，刀疤熊仍在鐵壁默默地服刑。表面上看來，他的逃獄計劃毫無進展，要實現報仇的宿願仍然非常渺茫。這一個多星期以來，他和幾個囚犯被派到飯堂去做內部裝修工程，而且已差不多接近完工了。

「瘦皮猴，那些傢伙工作得怎樣？」獄長波利帶着兩個拿着長槍的隨身警衛，向守在飯堂門口的獄警問道。他和一年前有點不同，鼻子下面已蓄了一小撮鬍鬚。

「報告獄長，他們每天工作10小時，除了吃飯和可以上三次廁所外，都在裏面幹活，沒有任何偷懶的機會。」瘦皮猴答道。

「還有多少天才完工？」波利問。

「主要的維修工程已完成了，今天開始為牆壁**批灰**，批完灰後要花一兩天時間等它們乾透，然後再在上面**掃漆**，看來還需要一個星期吧。」

「很好，開門讓我們進去看看吧。」

「好的。」說着，瘦皮猴掏出**鑰匙**，打開了鐵門。

飯堂裏除了刀疤熊外，還有6個囚犯，他們手上都有一個扁平的鏟子，看來都正在為牆壁批灰。當聽到鐵門打開的聲音時，他們都轉過頭來，以冷漠的眼神迎接波利等人。

「看什麼？想偷懶嗎？」瘦皮猴高聲喝斥，「獄長來視察工程進度，你們繼續幹活，不准停下來！」

聞言，囚犯們都不約而同往站在最遠處的刀疤熊瞥了一眼。

刀疤熊木無表情地盯着瘦皮猴，然後輕輕地點點頭，其他囚犯像聽令於他似的，才不情不願地轉過頭去繼續手上的工作。

「你們守着門口。」波利向兩個護衛說，「我到處看看。」

「是！」

兩個護衛馬上分開，一左一右地站在門的兩旁，並牢牢地握着手上的長槍，小心地盯着一眾囚犯。

「獄長，你慢慢看。」瘦皮猴有點難為情

地說，「我可以上一下廁所嗎？今天肚子有點不舒服。」

「去吧。」波利舉手一揚，「要快點回來，我隨便看看就走。」

「遵命！」瘦皮猴說完，就匆匆忙忙往門外走去。

可是，他走出門口才十來步——

「哇呀！怎麼了？」

「搶槍！搶槍！」

「哇！作反了！」

「我看不見呀！小心呀！」

飯堂內突然傳來幾下驚叫，瘦皮猴慌忙轉身想去看個究竟，就在這一剎那，突然「轟」的一聲巨響爆起，一

陣猛烈的衝擊波帶着火舌迅即襲至，把他整個人轟到十多碼外，轟得他連打了幾個跟頭才停下來。

轟

「**糟糕！爆炸啦！**」

「**飯堂起火啊！**」

「**快去拿水！快！**」

呼叫聲**此起彼落**，倒在地上的瘦皮猴好不容易才踉踉蹌蹌地爬起來，但定神一看，只見飯堂已陷入一片**火海**之中。

「怎會這樣的……？剛才還好好的呀……？」他一臉茫然地看着火場。

「**別發愣！快來幫忙救火！**」一個獄警奔向火場時，高聲喊道。

「啊！」瘦皮猴才猛地驚醒，連忙跑去拿水桶救火。

火勢非常猛烈，十多個獄警花了一個多小時才把火救熄。

「獄長在哪裏？找到他嗎？」瘦皮猴焦急地問。

「找到了，但他已沒有意識了。」一個獄警悲傷地答道。

「其他人呢？其他人怎樣？」

「兩個兄弟和那些囚犯也被嚴重燒傷，全部都沒有意識了。」

「快把他們抬出來送去醫院吧！」瘦皮猴催促，「快！」

獄警們把火場中的傷者一一抬出，並火速把他們送到附近小鎮的醫院去。可是，這間醫院

平時都很清閒，絕少遇到重大事故，一下子送來這麼多的傷者，都被嚇得手忙腳亂。

醫護人員好不容易才安頓好傷者，並開始逐一為已被燒得焦黑的傷者檢查，但他們很快發現，這些傷者其實都沒有生命跡象了。

「竟然沒有一個人生還？」瘦皮猴和其他獄警都感到很震驚。

「是的，全部都死了。」名叫洛克的外科醫生沉重地說，「初步估計他們是被燒死或吸入濃煙致死，但真正死因還要待解剖後才能確定。」

「嗚……」瘦皮猴和獄警們聽到這個消息都不禁失聲嗚咽起來。

「真抱歉，他們被送進來時已死了，我們想搶救也**無能為力**。」洛克醫生歎了口氣，「請你們去認屍吧，一共**9個人**，面部都被燒得焦黑了，要分辨清楚他們的身份看來也得花點時間。」

「好的……」瘦皮猴擦一擦眼淚，正想隨醫生走去**認屍**時，卻突然停下腳步。

「怎麼了？」洛克醫生感到奇怪。

「你剛才說一共9個人？」瘦皮猴問。

「是呀。」

「不會吧，火場中有7個囚犯，加上波利獄長和兩個警衛，應是

10個人才對呀。」

「不可能，我親自點算過，一共只有**9具屍體**。」醫生肯定地說。

「這就奇怪了？」瘦皮猴道，「我們馬上去認屍，再確認一下。」

洛克醫生知道事態嚴重，連忙領着瘦皮猴等人去到病房中逐一認屍。獄長和兩個獄警的屍體都在，可是點來點去，都只有**6具囚犯的屍體**。

「誰不見了？」一個獄警問。

「**刀疤熊！**」瘦皮猴恐懼萬分地說，「**是刀疤熊不見了！**」

煙花匯演

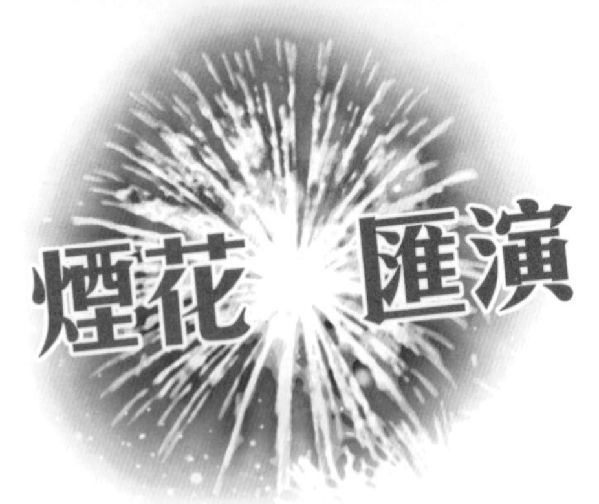

「哎呀，實在悶死了。」福爾摩斯**百無聊賴**地躺在沙發上說，「整整一個月也沒有顧客找我查案，真的是連腦袋也快**生鏽**了。」

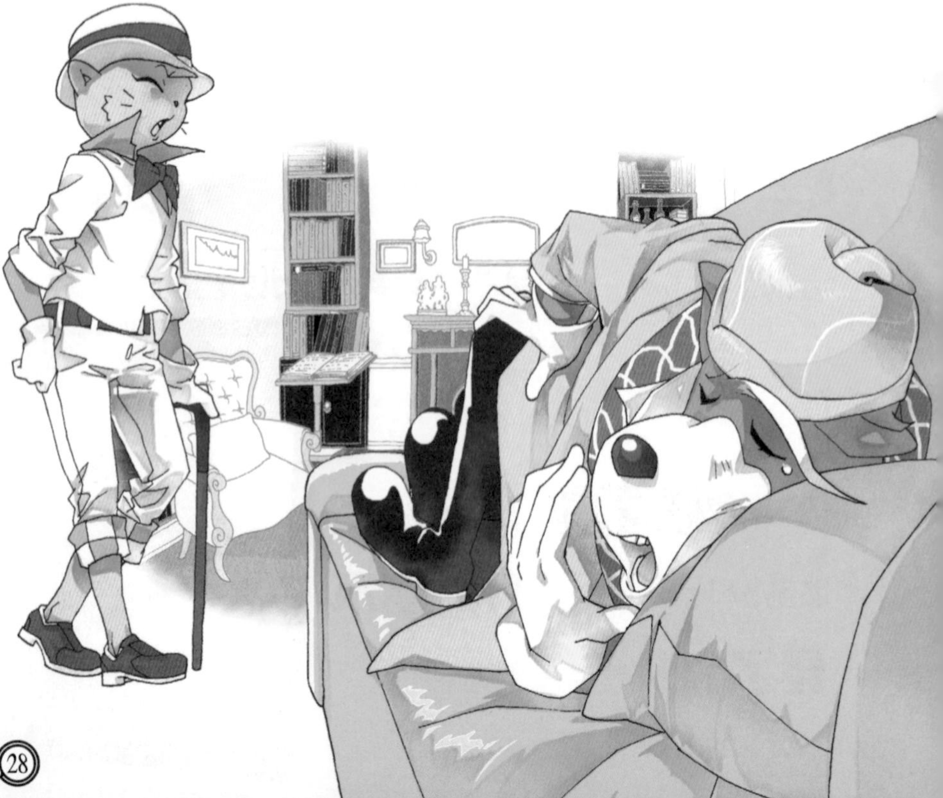

「你的腦袋生不生鏽沒有什麼關係，我最擔心的是……」華生愁眉苦面地欲言又止，「你要知道，我最近的生意也不好，一個月來只有十多個病人找我看病。」

「啊……是嗎？」福爾摩斯知道華生擔心什麼，卻裝傻扮懵地說，「不用擔心啦，這兩天的天氣忽冷忽熱，很容易患感冒，不出兩三天就有很多病人找你醫病，到時你的診所就會客似雲來了。」

聞言，華生斜眼瞄了一下這個最會賴皮的老搭檔，心想：「下個月的租金看來又要我墊支了。」他想到這裏，心情就更沉重了。

就在這時，一陣急促的腳步聲從樓下傳來，大門「砰」的一聲被

踢開了，小兔子興奮地衝進來，說：「太好了！太好了！」

「什麼太好了？難道有客人來找我查案？」福爾摩斯仍躺在沙發上，懶洋洋地問。

「不！不！不！」小兔子高聲說，「是愛麗絲來了，她說要找你！」

「什麼？」福爾摩斯赫然一驚，被嚇得幾乎從沙發上滾下來。

「是愛麗絲，她和房東太太商量後，說有事要找你。」小兔子惟恐我們的大偵探聽不明白似的，再說道。

「和房東太太商量……？」福爾摩斯臉色刷地變白，馬

上奔向廁所，並向華生拋下一句，「你說我去了愛爾蘭查案，千萬別說我在家。」

可是，小兔子卻雙手一伸，**攔住**了大偵探的去路，並說道：「福爾摩斯先生，你先別恐慌嘛。愛麗絲不是要向你追討**租金**，她找你有別的事。」

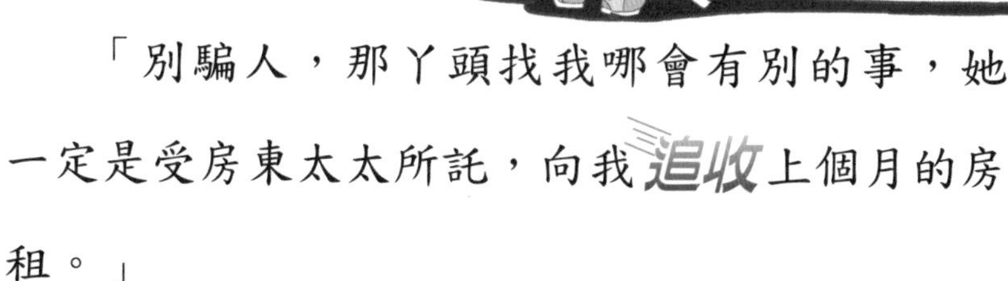

「別騙人，那丫頭找我哪會有別的事，她一定是受房東太太所託，向我**追收**上個月的房租。」

「什麼？」華生聞言吃了一驚，「你上個月仍未交房租嗎？你明明說過已直接交給了房東太太的呀。」

「哎呀，那只是隨便……**隨便說說**罷了。」

福爾摩斯吃吃笑地道，「哈哈哈……呵呵呵……有所謂**緩兵之計**嘛，你懂的。」

「緩兵之計？實在太可惡了。」華生氣壞了。

「福爾摩斯先生。」突然，一個女孩子的聲音在大偵探身後響起。

「**啊……完蛋了。**」福爾摩斯聽得出，那是愛麗絲。

「你可以帶我去看煙花匯演嗎？」愛麗絲說。

「什麼？」聞言，福爾摩斯感到詫異，連忙轉過身來問。

「過兩天有煙花匯演！房東太太沒空，所以叫你帶我們去看！」小兔子興奮地補充。

福爾摩斯看一看小兔子，又看一看愛麗絲，然後戰戰兢兢地問：「愛麗絲，你不是來……追收房租的嗎？」

「房租的事可以通融嘛。」愛麗絲機靈地說，「嘻嘻嘻，你帶我們去看煙花匯演就行了。」

「啊！」福爾摩斯大喜，想也不想就說，「看煙花匯演？好呀！看什麼也行，包在我身上！」

「**嘩！太好了！**」小兔子和愛麗絲興奮地大叫。

福爾摩斯想了想，才**如夢初醒**般問道：「噢，對了。你們說的是什麼煙花匯演？」

「什麼？你連煙花匯演也不知道嗎？」愛麗絲有點驚訝地說，「是為慶祝**維多利亞女皇**生日的煙花匯演呀。」

「是嗎？有這樣的活動嗎？我沒聽說過呢。」福爾摩斯轉過頭去問華生，「你聽說過嗎？」

「有呀，這是倫敦的大事，你居然沒聽說過？」華生說，「看來你除了查案外，對其他事情都不感興趣呢。」

「煙花只是一種利用燃燒金屬粉末產生的**化學現象**，對我來說，並沒有什麼好看啊。」福爾摩斯**聳聳肩**。

「福爾摩斯先生，煙花好漂亮啊，難道你看不到嗎？」愛麗絲問。

「確實是漂亮，但一想到那只是**化學現象**，就不覺得是什麼了。」

「哎呀，太沒趣了，一點**浪漫情懷**也沒有。」愛麗絲斜眼看着福爾摩斯說，「怪不得到現在還找不到女朋友啦。」

「**嘻嘻嘻……嘻嘻……哈哈哈！哈哈哈！**」看到福爾摩斯的**窘態**，小兔子想忍着笑，但最終仍大聲笑出來。

「不準笑！」福爾摩斯**臉紅耳赤**地罵道。

「是！」小兔子連忙立正，一臉正經地行了一個軍禮，「報告長官，有電報給你！」

說着，遞上了一封電報。

「豈有此理，有電報給我怎麼不馬上拿出來！」福爾摩斯一手奪過電報，馬上細閱起來。

「誰發來的電報？」華生問。

「唔……」福爾摩斯皺起眉頭說，「是李大猩和狐格森發來的。」

「難道又有什麼案件發生了？」

「鐵壁監獄發生爆炸，有9個人死了。」

「啊！」小兔子和愛麗絲聞言，不禁驚叫起來。

華生也大吃一驚：「就是年前為了追捕逃獄犯**馬奇**，我們曾經去過的那所監獄嗎？」

「對，就是那所監獄。」福爾摩斯深深地歎了一口氣，「死者之中……還有我們認識的**獄長波利**。」

「啊……」華生呆了片刻，才懂得說，「波利……那個胖子獄長波利……」

「就是他，他雖然有點笨，卻是一個**盡忠職守**的獄長，這樣死去實在太慘了。」福爾摩斯說，「還有，監獄中一個名叫**刀疤熊**的囚犯在爆炸後失了蹤。」

「刀疤熊……這名字好熟……」

「忘了嗎？我們在監獄的操場上見過他呀。」福爾摩斯說，「馬奇在越獄之前曾偷襲他，還打掉了他兩顆**門牙**。」

「啊！我記起來了。」華生說，「後來我們才知道，馬奇襲擊他，一方面是為了越獄出席**女兒的婚禮**，另一方面是為了破壞刀疤熊的逃獄計劃。」

「對，馬奇本來是協助刀疤熊逃獄的，可是他卻**將計就計**，利用水的特性搶先一步越獄。」福爾摩斯若有所思地說，「沒想到……這次刀疤熊終於也成功越獄了，不過用的卻是**火**。」

「火？你認為爆炸是他策劃的？」

「這還用問嗎？」福爾摩斯說，「電報說他在爆炸後受傷被送到醫院，後來卻不見了蹤影。毫無疑問，爆炸只是製造混亂和恐慌，令他可以混在傷者中被抬離監獄，當去到醫院後，他就可以很輕易地逃走了。」

「原來如此。」華生說，「但用9個人的性命換來自由，他這個人真可謂窮兇極惡啊。」

「對，所以我們一定要把他緝捕歸案！」福爾摩斯一躍而起，「走！馬上出發去與李大猩他們會合！」

「別忘了煙花匯演啊！」小兔子叫道。

「現在還哪有時間看煙花匯演，我們要趕着去緝拿一個兇狠的**越獄犯**呀！」福爾摩斯拋下這句說話，就拉着華生奔下樓去。

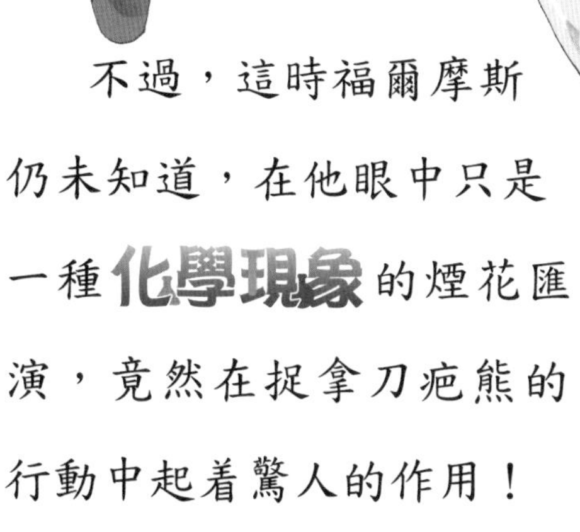

不過，這時福爾摩斯仍未知道，在他眼中只是一種**化學現象**的煙花匯演，竟然在捉拿刀疤熊的行動中起着驚人的作用！

爆炸現場

福爾摩斯和華生抵達鐵壁監獄時，只見到爆炸現場的飯堂內已**滿目瘡痍**，牆壁和柱子都被燒得焦黑，地上又佈滿了救火時留下的一灘灘**水窪**。華生知道，在這種情況下搜證非常困難。

「啊，你們來了。」李大猩沉痛地打了個招呼，他和福爾摩斯一樣，與波利也有**一面之緣**，波利死了，他看來也很傷心。

「共死了9個人，真慘。」狐格森歎息。

「找到了爆炸的原因嗎？」福爾摩斯問。

「還未找到。」狐格森搖搖頭說，「但從這裏的損毀程度看來，一定是用了不少炸藥。」

「哼！這所監獄的管理實在太粗疏了，囚犯怎可能連**炸藥**也弄到手。」李大猩**悻悻然**地說。

「不！我們檢查得很嚴密，炸藥不可能被偷運進來。」一個聲音在後面響起。

眾人轉過頭去，只見綽號**瘦皮猴**的獄警苦着臉站在眼前。福爾摩斯和華生都認得他，因為兩人年前來調查馬奇越獄案時，曾得到他的協助。

「沒有炸藥又怎會**爆炸**呢？你如何解釋？」李大猩兇着臉追問。

「這……」瘦皮猴頓時**語塞**。

福爾摩斯想了想，向瘦皮猴問道：「爆炸發生時，有目擊者嗎？」

「目擊者嗎？」瘦皮猴搖搖頭，「除了失去蹤影的刀疤熊外，在飯堂內的人被送到醫院後全都死了，並沒有**目擊者**。」

「那麼，你們把傷者從火場中救出來時，傷者中有沒有人說過什麼？」

「沒有，他們被抬出來時已沒有反應了，說不定，他們那時已死了。」瘦皮猴傷心地答道。

「原來如此……」福爾摩斯**沉吟半晌**，然後再問道，「那麼，有沒有人知道飯堂爆炸前，又有沒有發生過什麼**特別的事情**呢？」

「這個……」瘦皮猴想了想，「囚犯們只是在飯堂內進行**維修工程**，波利先生帶着兩個警衛來視察罷了，並沒有發生什麼事情啊。不過，在爆炸前一刻，聽到飯堂內有人大叫『**搶槍**』和『**我看不見呀**』什麼的。」

「唔？你好像很清楚事發前的經過呢？」李大猩以懷疑的語氣說。

「因為我負責**看守**囚犯們裝修飯堂，波利先生他們也是我帶進來的。」

「什麼？是你負責帶進來的？」李大猩頓起**疑心**，「但你為何沒被炸傷？」

「這……因為我要上廁所，剛走出門口十來步，就發生爆炸了。」

「嘿嘿嘿……」李大猩冷笑幾聲，突然**揪住**

瘦皮猴的衣領喝道，「怎會這麼巧合，你肯定是**借屍遁**！爆炸一定與你有關！」

「**不！不！不！**」瘦皮猴慌忙否認，「我……我怎會幹這種事？」

「哼！你一定是給刀疤熊**買通**了！」狐格森也高聲喝道。

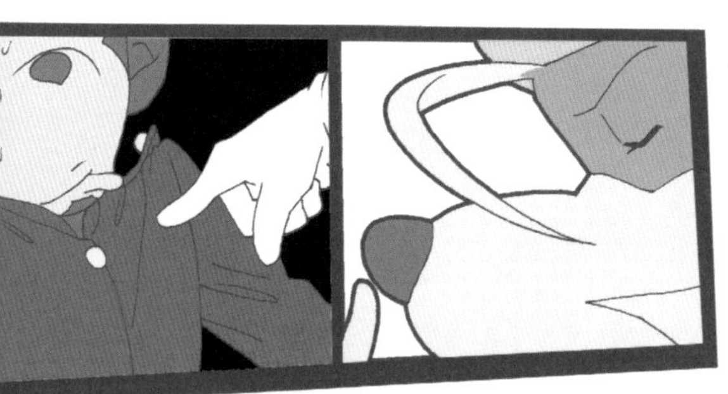

「且慢。」福爾摩斯舉手一揚，制止蘇格蘭場孖寶幹探說下去。他走到瘦皮猴的面前，摸了摸黏在他衣服上的**黑灰**，放到鼻子上嗅了嗅。

「你救火後一直沒換衣服吧？」福爾摩斯問。

「為什麼這樣問？」瘦皮猴感到奇怪，「我知道刀疤熊失蹤後，馬上去追捕他，一整夜也沒睡過，根本沒時間回家換衣服。」

「很好。」福爾摩斯滿意地點點頭，「你說爆炸前只踏出門口十來步，那麼，一定被**衝擊波**擊中吧？」

「是的，我被一陣**熱風**擊中，整個人打了幾個跟頭才停下來。」

「幸好你被熱風擊中，給我們留下了一點證據。」福爾摩斯別有意味的說。

「**證據？什麼證據？**」李大猩緊張地問。

「讓我先仔細看看爆炸現場，

再詳細解釋吧。」說完，福爾摩斯逕自走進焦黑的飯堂中，他仔細地在地面搜索，找到了幾根被燒焦了的繩子。

「裝修需要用繩子嗎？」他向瘦皮猴問道。

「這個……應該不需要吧。」瘦皮猴沒有信心地答道。

「那麼，為什麼有這些繩子呢？」福爾摩斯問。

「這……我也不太清楚，可能是用來捆綁石灰袋的。」

福爾摩斯點點頭，接着，他又伸長脖子舉目細看。

「哎呀，天花板還有什麼好看的？都燒焦了，就算有證據也被燒光啦。」李大猩不耐煩地說。

可是，福爾摩斯並沒有理會，他站在一條**橫樑**下，皺起眉頭，舉頭看了許久。

「怎麼了？有什麼**發現**嗎？」

華生問。

「唔……我只是覺得奇怪，為何這條橫樑和天花下那個拱形的地方，有些鐵釘釘着一些**爛布**呢？」

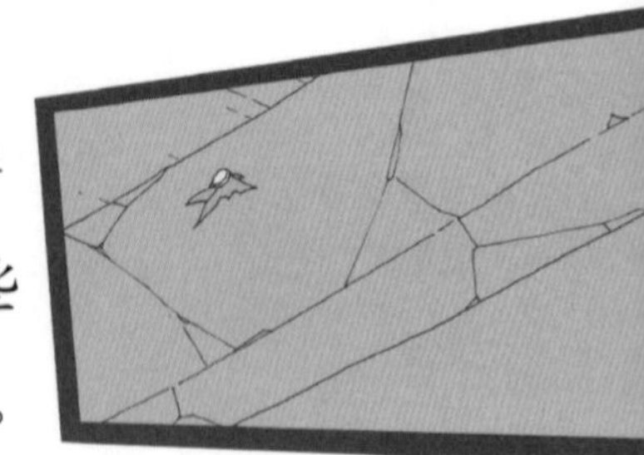

眾人走過去抬頭一看，果然如福爾摩斯所言，確實有些鐵釘釘着一些被燒過的**爛布**。

「奇怪？為何有這些東西呢？」瘦皮猴也感到不可思議。

「對了，昨天進行什麼**維修工程**？」福爾摩斯問。

「為牆壁批灰。」瘦皮猴答道，「批好灰後，待灰乾透了，就會掃油漆。」

「批灰和掃漆？」

「是的，一共搬了十多包石灰粉和十多罐油漆進來。」

「那麼，你記得囚犯們站立的位置嗎？」福爾摩斯眼前一亮，連忙問道。

「大概記得。」瘦皮猴說，「他們一個站在那裏，一個站在那裏，一個就站在那裏。」他一一說出各個囚犯站立的位置。

「那麼，獄長波利等人又站在哪裏？」

「我上廁所前，獄長說要隨便看看，我估計他在爆炸前應該走到**中間的位置**，兩個警衛則站在門口的**左右兩邊**。」

福爾摩斯在記事本上撕下一張紙，簡單地繪畫出一張飯堂的**平面圖**，還根據瘦皮猴的說法，標示出爆炸前各個人所在的位置圖。

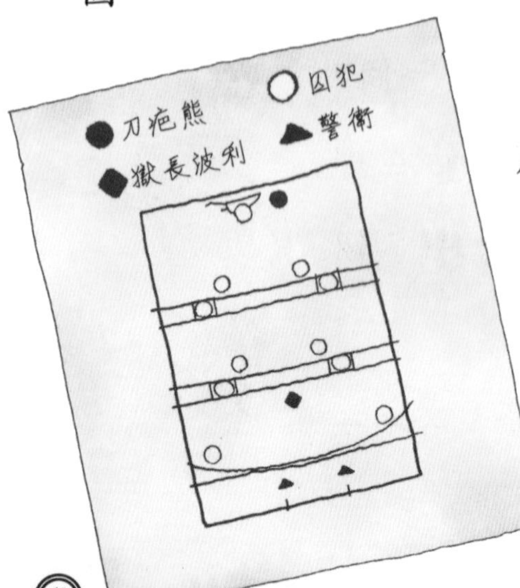

「是這樣吧？」福爾摩斯向瘦皮猴問。

「大概就是這樣。」

「**果然不出所料！**」福爾摩斯眼底閃過一下**寒光**。

「什麼意思？」華生問。

「**灰！**問題就出在那些**石灰粉**上！大爆炸就是它引起的！」

「什麼？」眾人愕然，卻又摸不着頭腦——

石灰粉又怎會引發爆炸呢？

「為什麼與石灰粉有關？石灰粉又不是炸藥，怎會引發大爆炸？」李大猩對福爾摩斯的說法嗤之以鼻。

「說得對，石灰粉不能引發大爆炸。」福爾摩斯說，「不過，我估計囚犯們偷龍轉鳳，把——」

「**且慢、且慢！**」狐格森未待大偵探說完就搶着說，「你想說囚犯們把火藥當作石灰

粉運進來嗎？但石灰粉是**白色**的，火藥卻是**黑色**的，不可能偷龍轉鳳呀！除非負責檢查的獄警雙眼都**瞎**了吧。」

「對，負責檢查的是我，搬進飯堂的都是**白色粉末**，不可能是火藥。」瘦皮猴也連忙補充，「而且，進出監獄的貨物都必須經過嚴密檢查，不可能把那麼多火藥偷運進來。」

「如果粉末是白色的呢？」福爾摩斯**出其不意**地反問，「那麼，不就有可能偷龍轉鳳了嗎？」

「別傻瓜了，世上哪有**白色的火藥**。」李大猩說，「除非有人把火藥都染白了吧。」

「不可能。」瘦皮猴馬上否定這個說法，「我看到囚犯們在石灰粉上倒水，

並把石灰粉混和成**石灰漿**，然後用批灰刀把石灰漿批到牆上去。在染白了的火藥粉上倒水的話，一來會**脫色**，二來火藥**不溶於水**，不能變成漿被批到牆上去。」

「說得對，火藥是由**硫磺**、**木炭**和**硝石**混合而成，確實不能溶於水變成漿。」福爾摩斯說，「不過，我說的並不是火藥，而是**麵粉**啊。」

「什麼？麵粉？」

李大猩瞪大了眼睛，「你以為是**烤麵包**嗎？我們說的是爆炸啊！」

「你的搭檔是否有病？病得連頭腦也不清醒了？」狐格森沒好氣地向華生輕聲問道。

「福爾摩斯，你可否解釋清楚？麵粉又怎會引發爆炸呢？」華生雖然不明所以，但他知道老搭檔這樣說必定有他的理由。

「嘿嘿嘿，看來你們都沒聽過**粉塵爆炸**吧？」福爾摩斯問。

「粉塵爆炸？那究竟是什麼？」李大猩問。

「粉塵爆炸雖然不常見，但在**礦坑**、**麵粉廠**、**木廠**和打磨金屬的**工場**也偶有發生。」福爾摩斯說，「簡單說來，在容易產生**可燃粉末**的地方，當達到一定條件下遇上**明火**，就會發生爆炸了。」

「可是……可是石灰粉不可以燃燒啊。」瘦皮猴緊張地說。

「沒錯，石灰粉不可燃，但卻可以用**白色的麵粉**偷龍轉鳳。」福爾摩斯說，「麵粉的可燃性很高，當空氣中充滿了麵粉，就很容易着火爆炸了。」

「啊……難道我檢查時，看到的不是**石灰粉**，而是**麵粉**？」瘦皮猴說着，不禁打了個寒顫。

「對，你看到的是麵粉。」福爾摩斯說，「不信的話，你嗅嗅自己的衣服，看看是否有點**烤焦**了**麵包**的氣味。」

瘦皮猴連忙嗅了嗅自己的衣服，一嗅之下，他的臉色刷白，已說不出話來了。

「讓我嗅嗅看。」李大猩和狐格森也連忙把鼻子湊過去，拚命地**嗅來嗅去**。

「真的有烤焦麵包的氣味！」兩人叫道。

「爆炸時引發的**衝擊波**，把燒焦了的麵粉吹到瘦皮猴身上，為我們留下了證據。」福爾摩斯補充，「此外，我估計被釘在橫樑上的那些爛布，本來是盛載麵粉的**布袋**。囚犯們待獄長波利走到飯堂中間時，就拉開布袋的封口，讓麵粉撒下來。這時，空氣中充滿了麵粉的**粉末**，有人趁混亂時**點火**，大爆炸就隨即發生了。」

「可是，囚犯們這樣做的話，在場的波利獄長和兩個護衛也會看到，並會馬上制止他們這樣做呀。」狐格森質疑。

「正常的情況下會這樣，可是，獄長他們根本沒有時間制止。」福爾摩斯說，「我剛才不是問囚犯們站在什麼位置嗎？他們共7個人，除了刀疤熊站在最裏面的**位置**外，其餘6人都站在**柱子**旁邊。獄長他們從門口的角度看過去，看不到橫樑上有什麼東西，也看不到柱子後面有什麼。我剛才不是在地上找到一些燒焦了的**繩子**嗎？我估計，囚犯們用繩子為釘在橫樑後的麵粉袋打了個**活結**，然後把垂下來的繩子藏在柱子後面，只要一拉動繩子，活結就會被**拉開**，麵粉就從

上面撒下來了。」

「由拉動繩子到麵粉撒下，只需半秒，獄長他們確實無法及時反應過來。」狐格森說。

「唔……」李大猩點點頭，「而且，當時空中佈滿了麵粉，**視野**肯定不清楚，獄長和兩個警衛就算有槍在手，根本也無法應付這種**突發場面**。」

「對。」福爾摩斯說，「瘦皮猴在爆炸前聽到有人大喊『**我看不見呀**』，就是因為空氣中充滿了麵粉，**視野受阻**的緣故。」

華生想了想道：「可是，囚犯們這樣做的話，不怕連自己也被**炸死**嗎？他們為了協助刀疤熊越獄，竟願意犧牲自己的性命？不太可能吧？」

「對，這個可能性很低。」福爾摩斯說，

「所以，我認為除了刀疤熊外，其他囚犯都不知道麵粉會引致爆炸，他們都被刀疤熊欺騙了。」

「但那些囚犯為何又會聽從刀疤熊的指示，設下麵粉陷阱呢？」李大猩問。

「很簡單，如果我是刀疤熊的話，我會這樣說……」

「啊，怪不得在爆炸前，我聽到有人大叫『搶槍』。」瘦皮猴恍然大悟。

「囚犯們輕信刀疤熊，結果賠了性命。」華生搖頭歎息。

「且慢！我有一個疑問。」狐格森說，「在大爆炸中，為什麼其他人都被炸死了，惟獨刀疤熊不但沒死去，還可以從醫院逃脫呢？」

「嘿嘿嘿，你沒注意到他站的位置嗎？」福爾摩斯道，「他站在最裏面，而且身旁還有那個東西呢。」說着，他大手一指，指着那個倒在地上的鐵斗車。

「啊！」瘦皮猴驚呼，「難道……難道他在爆炸時躲在鐵斗車內？」

「豈有此理！」李大猩恨得**咬牙切齒**，「那個刀疤熊竟然這麼狡猾，竟想出這種方法來逃獄！」

「他豈止狡猾，簡直**毫無人性**，為了自己逃獄，不但欺騙其他囚犯，更不理他們的生死！」狐格森怒道。

「是我不好，我沒有檢查清楚那些石灰粉，**釀成大禍**……」瘦皮猴懊悔地說。

「自責也沒有用，既然已知他是利用麵粉製造爆炸，我們必須馬上循此線索去追查！」福爾摩斯說。

「對！先追查石灰粉的**供應商**，他一定是刀疤熊的同黨，否則不可能用麵粉來**偷龍轉鳳**。」華生說。

眾人馬上展開追查，可惜石灰粉的供應商已**人間蒸發**，在爆炸發生後已逃走了。他們後來還得悉，有人在爆炸前的一個星期，曾向附近小鎮的麵粉廠訂購了十多包麵粉，而且還指定要把麵粉磨得比一般的**幼滑**。麵粉廠的廠長當時不以為意，還以為訂購者要製造口感特別的麵條。可是，當知道那些麵粉的真正用途後，那廠長才恍然大悟，因為幼滑的麵粉更容易引致**粉塵爆炸**。

科學小知識①

粉塵爆炸

當可燃性物質的微粒子在空氣中飄浮時，遇上起火源（不一定是明火）時，在特定條件下發生爆炸，就稱之為粉塵爆炸。當爆炸發生時，會產生火焰和巨響，同時放出高熱和令空氣急速膨脹。

不過，引發粉塵爆炸必須齊備以下三個條件，缺一不可。

①麵粉、糖粉或金屬粉之類的粉塵粒子必須處於微粉狀態，每粒微粉的大小相當於100微米～0.1微米之間，並具有足夠的濃度（每立方米空氣中含有約10克粉塵）在空氣中飄浮。

②有足夠的熱能，如燃點着的香煙（明火）；高瓦特的燈泡（高熱）；又或機器因摩擦而產生的高溫。

③空氣中有充足的氧氣。

當這三個條件齊備後，就有可能發生粉塵爆炸。

過程如下：

圖①

粒子

受熱令表面溫度上升

當粉微粒子表面受熱後，
其表面的溫度就會上升。

圖②

受熱產生氣體

粒子表面的分子受熱分解變成氣體，
向粒子的四周散開。

圖③

形成混合氣體產生火焰

從粒子散發出來的氣體與空氣混合，形成爆炸性氣體，並發出火焰。

圖④

火焰的熱力令附近的粉塵粒子表面受熱，重演圖①至圖③的過程，並引發連鎖反應，導致爆炸。

圖⑤

爆炸時發出的強大熱力又會波及堆積於附近的粉塵，再次引起連鎖爆炸，令其威力不斷升級，直至粉塵被燒光為止。

被擄的女兒

「果然如你所料，這是刀疤熊精心策劃的**粉塵爆炸**呢。」回到貝格街後，華生佩服地說。

「可惜的是，我們找不到那個石灰粉供應商，也找不到那個訂購麵粉的人。」福爾摩斯說，「所有線索就在這裏斷了，沒法再查下去。」

「是啊。」華生有點失落地說。

就在這時，

門外響起了敲門聲，踏進門來的更是一個**不速之客**，令兩人都大感意外，因為他不是別人，就是那個曾在鐵壁監獄服刑和打斷刀疤熊兩顆門牙的國際大騙子**馬奇**！

「馬奇，你出獄了嗎？這次不是逃獄吧？」福爾摩斯問。

「別挖苦我了。」馬奇苦笑，「我在獄中表現良好，已在兩個星期前**獲釋**了。」

「你這個時候**不請自來**，不會是跟刀疤熊越獄一事有關吧？」福爾摩斯以疑惑的目光盯着馬奇問。其實，華生第一眼看到馬奇時，這個疑問已在心中浮現。

「不愧是大偵探福爾摩斯，馬上給你看穿了。」馬奇說，「我這次**登門造訪**，是想找你幫忙一起對付他。」

「對付他？難道他來找你麻煩了？」華生訝異問道。

「是。」馬奇領首道，「年前我破壞了他的越獄大計，看來他一直**懷恨在心**，這次越獄成功後，馬上就來找我麻煩了。」

「他怎樣找你？」福爾摩斯問，「你一向**神出鬼沒**，當年蘇格蘭場

總動員也找不到你呀。」

「是的，要找我並不容易。」馬奇苦笑，「可是，當年你不是一樣找到我嗎？他找我的方法，與你的別無二致。」

「啊……」福爾摩斯大吃一驚，「他……他不是去找你的女兒凱蒂吧？」

「你猜對了，他找到了凱蒂，還以她作為人質，要脅我露面。」馬奇沉痛地說。

「以她為人質？」華生問，「難道刀疤熊擄走了你的女兒？」

「是。」馬奇說，「凱蒂由我的好友帶大，他已接到刀疤熊的通知，要我以一命換一命，否則就會殺死凱蒂！」

「**啊！**」聞言，福爾摩斯和華生都感到震驚不已。

「你也知道，當年我在凱蒂面前被捕，已令她心靈受到**重大創傷**。」馬奇語帶苦澀地說，「以為她出嫁後終於可以幸福地生活，沒想到會再次受到我的**連累**。我讓她受太多苦了……」

華生心想，年前馬奇在教堂外面偷偷地看着凱蒂乘着馬車**出嫁**時，激動得淚流滿面，凱蒂此刻卻因為自己而被擄走，一定內疚得**心如刀割**了。

「你無謂自責，我們首先要救出凱蒂。」福爾摩斯對馬奇說，「刀疤熊有沒有說明如何以一命換一命？」

「我已透過中間人與他談好了。」馬奇說，「我自動獻身的話，他就會釋放凱蒂。」

「刀疤熊可信嗎？」福爾摩斯懷疑，「你自動獻身後，他也未必釋放凱蒂呀，到時豈不是賠了夫人又折兵？」

「這個倒不用擔心。」馬奇非常肯定，「他一定會釋放凱蒂的。」

「你為何這麼自信？難道你已想出了他必定履行承諾的對策？」福爾摩斯問。

「沒錯。」馬奇點點頭，「你知道我精於騙術，要欺騙他釋放凱蒂並不難，只要你們肯出手相助就行了。」

「啊？欺騙他？」福爾摩斯大感興趣，「這倒要**洗耳恭聽**了。」

「當年被關進鐵壁監獄時，刀疤熊一夥為了施**下馬威**，曾向我拳打腳踢，這是他們對待新囚犯的慣常手法。」馬奇憶述，「為了自保，我**詭稱**自己收藏了大量騙來的財物，出獄後可以分一部分給他們。刀疤熊不知從哪裏查過我的**底細**，知道我是個國際大騙子，就相信了我的說話。」

「啊，有這樣的事嗎？」

華生有點驚訝，「我聽說過監獄裏最可怕的不是**獄警**，而是其他**囚犯**，原來是真的。」

「對，鐵壁監獄中最可怕的正是刀疤熊，在囚犯們的心中，他才是獄中最有權力的人。事實上，連獄警們也**忌他三分**。」馬奇苦笑道，「後來，他利用我負責定期打掃單身牢房的方便，強迫我協助他執行**逃獄計劃**。但他沒想到我會**將計就計**，在打籃球時

出其不意地向他施襲，更藉此被關進單身牢房，這不但破壞了他的計劃，還可讓我趁機獨自逃走。我逃獄的經過就不多說了，你們也很清楚。」*

「我明白了。」福爾摩斯說，「為了取得你訛稱的那些財物，你估計刀疤熊不會馬上把你殺死。對嗎？」

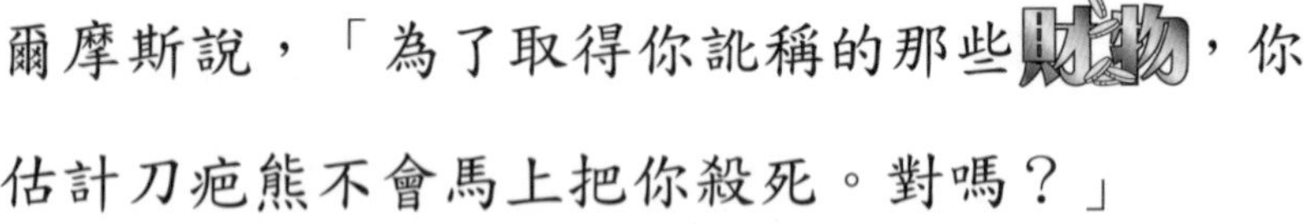

「對。」馬奇說，「他剛逃出來，必須有一筆錢逃亡，在取得那些財物之前，他不敢對我怎樣。」

「但你送上門後，他為了威脅你交出財物，更不會釋放你的女兒吧？」華生擔心地說。

*有關馬奇逃獄後的經過，請閱《大偵探福爾摩斯⑱逃獄大追捕》。

「所以才要你們幫忙呀。」馬奇說，「我已通過中間人告訴刀疤熊，我有同黨替我保管財物，同黨看不到我的女兒獲釋，交易就拉倒。」

「啊……？」福爾摩斯臉帶疑惑地問，「難道你想我們扮演那些同黨？」

「沒錯。」馬奇以堅定的眼神看着大偵探，「為了將刀疤熊一夥一網打盡，除了你們之外，我想不到更適合的人選。」

「唔……」福爾摩斯想了一下，「可是，那個刀疤熊該也不笨，要是我們沒法交出財物，他一定不會放過你啊。」

「嘿嘿嘿……」馬奇慘然一笑，「我只

是想欺騙刀疤熊釋放凱蒂，自己是死是活並不重要。」

「你要犧牲自己來救女兒？」福爾摩斯不禁睜大了眼睛，「這稱不上騙術啊，只是以一命抵一命罷了。」

「不，對我們這些騙子來說，這絕對是騙術。」馬奇一臉正經地說，「騙子行騙時也需要成本的。譬如說，為了騙取100鎊，事前可能要花10鎊甚至20鎊作餌，只要把100鎊騙到手，就可賺得80至90鎊，是很划得來的生意。」

「但你以自己的性命換回女兒的性命，只是**等價交換**罷了，根本就沒有賺呀。」華生並不同意。

「**不！**」馬奇突然激動地說，「我大半生都以行騙為生，是個**不折不扣**的社會敗類，我的性命可說**一文不值**。而且，凱蒂懷了孩子，她已有九個月身孕了！」

「什麼？」對福爾摩斯和華生來說，這句說話有如**驚雷貫頂**。

「所以，我是以一命換兩命！」馬奇連珠炮發，「況且，凱蒂又美麗又純潔，她才結婚一年，將來還要生兒育女，她的將來充滿了光明與希望。她的生命就像快將綻放絢爛光彩的寶石，是無價之寶。你說，用我這條爛命去換回無價之寶，又怎能說沒有賺呢？」

聽完馬奇這番激動的說話後，福爾摩斯和華生無言以對，完全說不出話來。

「這將會是我一生人中最後一次、也是回報最大的行騙。」馬奇眼裏閃現着淚花，他懇摯地請求道，「請你們成全我吧。」

大偵探沉思良久，然後才緩緩地抬起頭來，以堅定的眼神盯着馬奇說：「既然你心意

已決，為了救凱蒂，我也不能**袖手旁觀**，就讓我們和你一起對付刀疤熊吧！」

「謝謝你！謝謝你！」馬奇緊緊地握着福爾摩斯的手，然後又向華生連聲道謝。

「不過，待救出凱蒂後，我和華生會盡一切辦法營救你。」福爾摩斯不忘補充。

交換人質

兩天後，一行三人應約來到一座荒廢了的修道院，這就是交換人質的地方。為免刀疤熊認得，福爾摩斯和華生都換了裝束，頭戴鴨舌帽，打扮成馬奇的同黨。

此前，雙方已透過中間人講好條件，待馬奇自動獻身後，刀疤熊必須讓馬奇的同黨把凱蒂帶到安全的地方才算交易完成。接着，馬奇的同黨要在第二天去到另外的指定地點以財物贖人。

福爾摩斯站在修道院那偌大的前院，歎服地說：「刀疤熊果然精明透頂，竟找到這麼一個地方來交換人質。」

「為什麼這樣說？」華生問。

「這是中世紀建成的修道院，四個入口後面該有互相連接的走廊，而且走廊九曲十三彎，它們之間還有鐵門。」福爾摩斯說，「當時盜賊橫行，為了防備搶掠，很多修道院都會建成這樣。所以，就算我們想進去搜捕，也會像進入了迷宮一樣，不知道從哪裏開始。」

聞言，馬奇慌忙說：「千萬別在這裏搜捕，最重要是把凱蒂帶到安全的地方。」

「別擔心，這個我明白。」

「那麼現在怎辦？」華生問。

「根據指示，馬奇要走進那個打了叉的入口。」福爾摩斯說完，轉過頭去向馬奇問道，「你準備好了嗎？」

馬奇深深地吸了一口氣，神色凝重地遞

上一個紙袋，說：「請代我交給凱蒂，自我入獄後已沒有再送生日禮物給她了，這是送給她的一點紀念，也是一點補償。福爾摩斯先生、華生先生，以後的事就拜託你們了。」說着，他挺起胸膛，朝那個打了叉的入口一直走去，不一刻，已消失在入口後面的黑暗之中。

然而，馬奇那**視死如歸**的背影卻仍然殘留在華生的視網膜上，他知道，這一幕動人的情景將永遠刻印在自己的眼底，不會消失。

「唔？原來是個**布偶**。」福爾摩斯打斷了華生的思緒。

「什麼？」華生回過神來問。

「馬奇送給凱蒂的禮物，是一個布偶。」

「**啊……這布偶……**」華生看着福爾摩

斯手上的布偶說，「這……這布偶我見過，年前在凱蒂出嫁的**馬車**上，就放滿了這布偶。」

「是啊，這是凱蒂原諒父親的**印記**。馬奇現在再次送上這個布偶，勝過**千言萬語**啊。」福爾摩斯深有感觸地說。

就在這時，一個挺着大肚子的年輕女子**腳步浮浮**地從最左面的門口步出。

「是凱蒂！」華生一眼就認出了。

「凱蒂！」福爾摩斯連忙奔過去，「我是你爸爸的朋友，是來營救你的！**快！跟我走！**」說完，他一手抱起凱蒂就走。

三人登上早已準備好的馬車後，迅速駛離現場。

馬車飛快地奔馳，福爾摩斯通過車窗看着遠去的修道院，直至在視界之內完全消失後，才向**驚魂甫定**的凱蒂說：「令尊為了救你，已自動獻身……」

他**一五一十**地說出整件事的前因後果，最後，遞上那個布偶說：「這是令尊送給你留作紀念的，他說已好久沒送**生日禮物**給你了。」

「爸爸……」凱蒂以顫動的手接過布偶，呆呆地看着布偶喃喃自語，「爸爸……他用自己的性命……」說到這裏，她再也說不下去了，並掩面痛哭起來。

「你先別哭，我們要想辦法營救令尊。」福爾摩斯說，「為了令尊能平安脫險，你必須清楚地回答我的問題，好嗎？」

凱蒂擦乾淨眼淚，努力地壓抑着**激動**，點點頭道：「好的。」

「很好。」福爾摩斯露出溫柔的笑容，以平靜的語氣問道，「你是在什麼地方被擄走的？」

「我……我是在家附近的**米勒菜市場**買菜時被擄走的。」凱蒂仍然有點**口齒不清**，「被擄走時已立即……被蒙上黑色的布袋，什麼也看不到。不過……我知道自己被押上了一輛馬車。」

「米勒菜市場那一帶我很熟悉。」福爾摩斯說，「你知道自己在馬車上坐了多久嗎？」

「坐了大約……**一個小時**左右吧。」凱蒂逐漸平靜下來，「我被押進一間屋子時，偷偷地從布袋下面看了一下自己的手錶，時間是**9時10分**。」

「那麼，中途有沒有聽到什麼聲音？」

「有。」凱蒂肯定地點點頭，「我記得聽到兩次河流流動的**水聲**，和一次教堂的**鐘聲**。」

「河流的水聲和教堂的鐘聲？」福爾摩斯皺

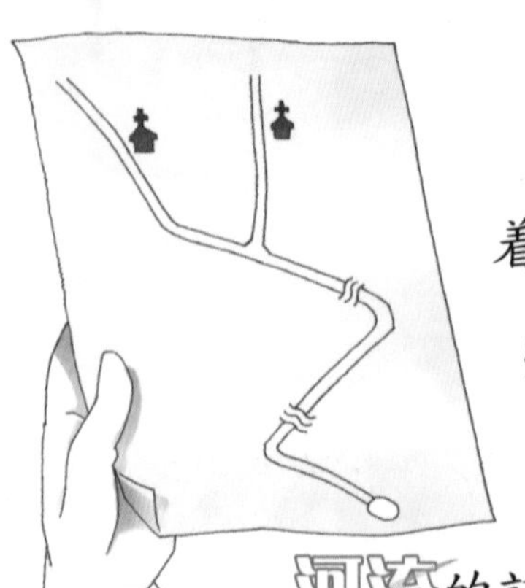

着眉頭想了一下，然後掏出一張紙邊繪圖邊說，「以米勒菜市場為起點要經過**兩條河流**的話，必須往北走。但走了不久就分岔成兩條路，而這兩條路上都有一座**教堂**，你聽到的鐘聲，必定來自其中一間教堂，但是哪一間教堂呢？」

「這個……我也不知道啊。」

「那麼，途中還注意到什麼特別的東西嗎？」福爾摩斯問，「例如**氣味**之類。」

「氣味嗎？」凱蒂努力地想了一會，但最後仍搖搖頭說，「我聞不到什麼氣味，只是**耳朵**……」

「只是耳朵什麼？」

「只是……聽到鐘聲後不久，我感到耳朵內

輕微地有點癢，然後，馬車停下來，我就被押進一間屋子裏了。」

「啊？耳朵內有點癢？為何**無緣無故**地癢起來呢？」福爾摩斯沉吟。

突然，他眼前一亮，抬起頭來說：「我明白了，是**氣壓**！你走的應該是**左面**那條分岔路，因為那是一條**斜坡路**，上坡後氣壓不同了，耳內就會有點癢癢的。但右面那條是平路，你的耳朵不可能突然癢起來。」

「這麼說來，確實是那種感覺，我乘馬車上坡時，常會**耳朵癢**。」

「很好。」福爾摩斯難掩興奮，「那段路的盡頭是個**山坡**，有十多間房子分散在坡上，當中的一間，很可能就是囚禁你的房子。」

「可是，知道囚禁凱蒂的房子有什麼用？」華生插嘴問，「刀疤熊不一定把馬奇也囚禁在那兒啊。」

「不。」福爾摩斯一口否定，「刀疤熊剛出獄，應該沒有時間去找兩個不同的藏參地點，要知道，找一個容易掩人耳目的地點並不容易。況且，凱蒂被擄走時曾被黑布蒙頭，刀疤熊不會想到我們能找到那裏。所以，他一定會把馬奇也關在同一個地點。」

「有道理。」華生說，「不過，你說那山坡上有十多間房子，我們又怎知道是哪一間呢？總不能逐一去拍門找人吧？」

「唔……這確實棘手，看來只能見機行事了。」

「呀……」凱蒂好像想起什麼似的。

「怎麼了？」福爾摩斯問。

「我想起了。」凱蒂努力地憶述，「當我被押下馬車時，我從布袋下方，看到地面上有些……有些好像是黃……黃白色的花瓣。」

「你看到黃白色的花瓣？這線索太重要了。」福爾摩斯大為雀躍，「就是說，藏參的房子門口附近種了開着黃白色花朵的樹，如果別的房子前沒有這種樹，就可確定哪一間房子是藏參地點了！」

「那麼，我們現在可以去救爸爸嗎？」凱蒂急切地問道。

「不，這次必須向蘇格蘭場求助。」福爾摩斯說，「刀疤熊至少也該有幾個同黨，單靠我們兩人對付不了他們。」

「這麼說來……」凱蒂沉思片刻，「我記得被囚禁時……曾聽過四個不同的聲音，他們好像一共有**四個人**。」

「太好了，這個情報也很重要。」福爾摩斯說完，就吩咐馬車夫馬上開車趕赴蘇格蘭場。

「什麼？刀疤熊那傢伙一逃出來就**作案**了？」狐格森從福爾摩斯口中得悉一切後，不禁大吃一驚。

「哼！正好！」李大猩恨得牙癢癢的，「這個**十惡不赦**的大壞蛋害得我們四處奔波，現在正好趁此機會把他緝捕歸案！」

「**少安無躁**。」福爾摩斯提醒，「馬奇在他手上，我們必須小心行事，否則會害死馬奇。」

「少擔心！你既然已知藏參地點在山坡上，我們可以派出大隊人馬把山上山下包圍得密不透風，到時他們也就插翅難飛！」李大猩信心十足地說。

「萬萬不可！」福爾摩斯連忙反對，「如果派出大隊人馬，一定會打草驚蛇。而且，刀疤熊一夥都是亡命之徒，他們必會拚死反抗，到時不但會危及人質的性命，警察們在駁火中也必有損傷。」

「那怎辦？難道眼見肥肉到口也不吃嗎？」李大猩不滿地說。

「凱蒂知道刀疤熊一夥

只有四個人，我和華生加上你們兩人剛好也是四人，況且你們兩人一個打八個，並不需要大隊人馬。」福爾摩斯說着，暗地裏向華生遞了個眼色。

華生意會，連忙說：「對、對、對，你們兩位身經百戰，對付四個壞蛋遊刃有餘，不必出動大隊人馬啊。況且，要是你們抓到刀疤熊，一定是明天報紙的大新聞，有必要被其他人搶去風頭嗎？」

「唔……」李大猩裝模作樣地沉思了一下，「說得也是，我以一敵十，確實不必出動太多人馬。」

「沒錯！」狐格森眼見搭檔

已誇下海口，自己當然不能示弱，「有我在，刀疤熊他們已是囊中物啦！哈哈哈！」

華生心中暗笑，蘇格蘭場孖寶果然吃軟不吃硬，只須輕輕抬舉一下，他們已乖乖地聽令於福爾摩斯了。

「這就好了，我們先換去身上的衣服，再易容出發吧。」福爾摩斯提議，「要知道，刀疤熊曾見過我們四人，可能認得我們的樣貌。」

「那麼，凱蒂怎辦？她有必要跟我們一起去嗎？」華生問。

「有必要。」福爾摩斯說，「為了確認沒有找錯地方，她必須乘馬車與我們一起上那個山坡，看看上坡時她耳朵有沒有發癢。而且，她說曾看到地上有黃白色的花瓣，這個也需要她去確認一下。」

「有道理！」李大猩拍一拍自己的胸口說，「華生，你放心吧！凱蒂的安危，包在我身上。」

四人商議妥當後，趕忙更衣易容，並吩咐當值的警察租來一輛可以載四個人的民用馬車。

一切準備就緒，

福爾摩斯向一直坐在走廊等着的凱蒂說明了行動的**細節**。然後，聯同華生和李大猩一起登上了馬車。狐格森則打扮成馬車夫模樣，坐在駕駛座上負責開車。

為了讓凱蒂確認路線沒有走錯，馬車先開到她被擄的地點——**米勒菜市場**，然後再從那裏出發，按福爾摩斯繪畫的路線，往**藏參地點**的山坡開去。路上，福爾摩斯叫凱蒂閉上眼睛，仔細地留意着沿途的**動靜**，看看是否與被擄時經過的路線一樣。

當馬車開過第一條河時，凱蒂馬上說：「**水聲！**我聽到了水流的聲音，就和被擄時第一次聽到的水聲差不多。」

「很好！」福爾摩斯大喜。

過了一會，經過另一條河時，凱蒂又說：「有水流！對，第二次的水流聲也一模一樣。」

「太好了！」李大猩很興奮，「這證明我們沒有走錯路！」

馬車繼續開了一會，凱蒂閉着眼睛問道：「這個時候，我應該聽到教堂的鐘聲，可是……」

「別擔心，我們剛剛開過了教堂。」福爾摩斯安慰道，「那所教堂的大鐘每個小時只響一次，你當日經過時，我估計剛好是早上9時正，所以才聽到鐘聲。現在是下午5時40分，所以不會有鐘聲。好了，你要

集中精神注意自己的耳朵，看看會否發癢。」

「好的。」凱蒂有點緊張地頷首答道。

這時，車廂內已陷入一片寂靜之中，只聽到外面傳來的馬蹄聲。

噠噠噠……噠噠噠……噠噠噠……

馬蹄聲仿如心跳似的有規律地響着……響着……

福爾摩斯、華生和李大猩都屏息靜氣地盯着凱蒂，他們看到，她的額頭上已滲出了冷汗……

過了七八分鐘左右，凱蒂的臉上突然閃過一下痙攣，她顫動着嘴唇說道：「啊……我的耳朵……我的耳朵癢起來了。」

「真的嗎？太好了！」李大猩喜形於色，「毫無疑問，這個山坡就是藏參地點！」當

然，福爾摩斯和華生也鬆了一口氣。

就在這時，車頭卻傳來了狐格森的叫喊聲：「喂，你們看見嗎？不知道為什麼，山坡上有很多人啊！」

「什麼？」車內四人大吃一驚。這時，他們才意識到外面人聲嘈雜，於是連忙揭開窗簾往外看去，果然，山坡的邊緣上站了很多人，好像在等待山下有什麼事情發生似的。

「怎會這樣的？」華生**大惑不解**。

福爾摩斯**眉頭緊蹙**地看着眼前的情景，不一刻，他才猛地叫道：「呀！我真大意，竟然忘記了。」

「忘記？忘記什麼？」李大猩緊張地問。

「前兩天小兔子和愛麗絲說過，今天是**維多利亞女皇**的誕辰，晚上會有**煙花匯演**！那些群眾登上這個山坡，看來是為了佔據有利位置來看煙花。」

「這麼說來……我也記起來了。」李大猩拍一拍自己的腦袋，「我看過警局內有關放煙花的**通告**，這附近好像也有一個煙花的發放點。」

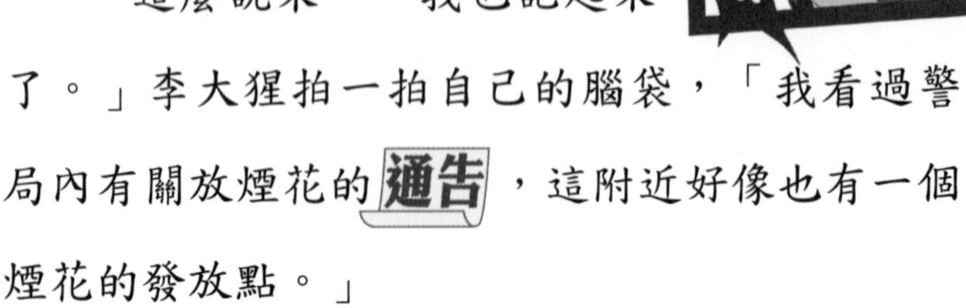

「那怎麼辦？這麼多人聚集，還……還可以

營救我的爸爸嗎？」凱蒂擔心地問道。

「唔……」福爾摩斯想了想說，「這個有好有不好，不好的是我怕採取拘捕行動時，會傷及附近看煙花的群眾。」

「那麼，好的又是什麼？」華生問。

「好的是，人多嘈雜反而可以當作掩護。」

「有道理！」李大猩一拳打在自己的大腿上，「突然間來了這麼多人，就算我們四出打探刀疤熊的藏參巢穴，也不會太過礙眼。」

「不管怎樣也好，先找尋有黃白色花朵的樹吧。」福爾摩斯說，「我們必須先行鎖定藏參地點，才能決定下一步的行動。」

這時，馬車的速度已慢下來，狐格森在外面的駕駛座上問道：「到坡頂啦，接着該怎辦？」

「你駕着車，在山坡上繞圈，讓我們先看看有沒有開着黃白色花朵的樹吧。」福爾摩斯答道。

「好的。」

接着，馬車緩緩地開着，福爾摩斯從車窗外小心翼翼地注視着經過的每一間房子，和那一株株長滿了綠葉的樹，可是，車子在山坡上繞了幾個圈後，連一朵黃白色的花也找不到，更遑論找到開着這種花的樹！

黃白色的花瓣

「凱蒂，你沒看錯吧？當日肯定是看到黃白色的花瓣掉在地上嗎？」福爾摩斯向凱蒂問道。

「我……我……我不知道啊。我……確實看到地上有黃白色的花瓣的。」凱蒂期期艾艾地說，看來她的信心已有點動搖了。

「可是，這個山坡上的樹並沒有這個顏色的花啊。」李大猩焦躁地說。

「會不會是黃白色的其他東西？例如，像花瓣似的紙碎？」華生說。

「唔……是否紙碎不敢說，但你的假設很有建設性。」福爾摩斯說，「凱蒂看到地上的黃白色花瓣時，由於被黑布袋蒙着頭，看到的範圍一定很狹窄，而且又是一瞬間，看錯了也不奇怪。但是，可以肯定一點的是，她看到的，是有如花瓣般的黃白色的東西。」

「這麼說來，我們只要在地上找到那些黃白色的東西，就可鎖定是哪一間房子了？」李大猩見到曙光，馬上又雀躍起來。

「沒錯，為了看得更仔細，我們得下車逐家逐戶地去找。」

說完，福爾摩斯三人下了車，並叫狐格森留下來保護車上的凱蒂。然後，就裝扮成看煙花的人，向着最近的一間房子走去。

他們經過一間又一間房子，只花了30分鐘左右，已看遍了山坡上所有地方。可惜的是，仍然沒找到黃白色花瓣狀的東西。

三人有點喪氣地站在一道鐵欄柵旁，陷入了沉思。

「難道凱蒂搞錯了？」李大猩氣餒地說。

「唔……有這個可能，一個人在異常**緊張**和**焦慮**的情況下，很容易看錯或記錯事情。」福爾摩斯說着，不期然地往周圍看了一下。忽然，他好像注意到什麼似的，瞪大了眼睛盯着**地面**。

華生覺得奇怪，於是問道：「怎麼了？有什麼發現嗎？」

「看！」福爾摩斯指着地上說。

華生和李大猩往他指着的地方看去，但眼前的地面乾乾淨淨的，什麼也沒有。

「你們看不到嗎？」福爾摩斯問。

「看什麼？」李大猩抬起頭來反問，「地上什麼也沒有呀。」

「影子呀，沒看到地上的影子嗎？」福爾摩斯指着鐵欄柵那長長的影子說。

「影子又怎樣？跟黃白色花瓣狀的東西有什麼關係？」華生問。

「對，有什麼關係？」李大猩也不明所以。

「嘿嘿嘿，還不明白嗎？跟我來。」說完，福爾摩斯已開步往前走，兩人雖然摸不着頭腦，但也只好跟着。

走了一會，福爾摩斯在一間房子的轉角處停下來，然後指着斜對面一間房子的鐵門，低聲說：「看到那鐵門嗎？」

「看到了。」華生定睛細看，「但地上並沒有我們要找的東西呀。」

「哎呀，還不明白嗎？」福爾摩斯沒好氣地說，「沒看到鐵門上那些**小洞**嗎？那就是我們要找的東西呀。」

李大猩罵道：「你是不是被太陽曬得頭也昏了？鐵門的**小洞**和**黃白色花瓣狀的東西**

又有什麼關係？」

「這個時間確實沒有關係，但到了早上9點鐘左右，關係就會顯現了。」

「什麼意思？」華生仍不明白。

「剛才那道門上的鐵欄柵向東，西邊的斜陽從欄柵背後射過去，我們看到它的影子映照在門前的地上。」福爾摩斯解釋，「但斜對面的那道鐵門向西，你們可以想像一下，要是晨光在早上9點鐘左右照射在它的背面時，門前的地上會顯現出什麼來？」

華生和李大猩歪着頭沉思片刻，突然，兩人不約而同地抬起頭來驚叫：「**啊！地上會顯現透過小洞照射到地上的陽光！**」

「嘿嘿嘿，終於明白了吧。」福爾摩斯狡黠地笑道，「晨光透過小洞照到地上，就會變成黃白色的圓點，也就是凱蒂看到的所謂『花瓣』了。」

「太厲害了！」李大猩興奮得一拳打在福爾摩斯的胸口上，「你實在太厲害了！這樣也給你看出來！」

「對，竟看到眼前並不存在的東西，簡直是神乎其技啊。」華生也歎服不已。

「沒什麼大不了。」福爾摩斯擺擺手說，「只要細心觀察，再加上適當的想像，就能看出來了。」

「那麼，我們現在該怎辦？」華生問。

「你留在這裏把風，我和李大猩前去探聽一下，看看屋內有什麼動靜。」福爾摩斯說完，就向李大猩打了個眼色，一起悄悄地竄到那房子的前面。兩人在圍牆下交頭接耳地不知說了些什麼，就左右散開，在華生的視界中消失了。

不一刻，兩人又回到華生的身邊。

福爾摩斯率先道：「我剛才攀過圍牆，從窗口偷偷地往屋內看了一下，看到三個兇神惡煞的大漢正在客廳中打撲克牌。那個刀疤熊嘛，則坐在一角，用布擦着手槍。」

「馬奇呢？沒看到馬奇嗎？」華生問。

「沒看到，估計他被關在房間裏。」

「我沿着圍牆在屋外走了一圈，並沒看到什麼。」李大猩補充，「不過，我發現這屋子並沒有**後門**，是個**易守難攻**的地方。」

「刀疤熊他們選這個地方，相信也是看中這個特點。」福爾摩斯分析，「不過，這也好，我們只要守住前門，他們就是**甕中之鱉**，要逃也無處可逃。」

「可是，我們不能硬攻，否則會害死馬奇。」華生說。

「對……必須想出一個方法**攻其無備**……」福爾摩斯沉思片刻，突然眼前一亮，「天助我也！今天晚上不是放煙花嗎？**我們可以利用煙花**！」

「什麼意思？」李大猩摸不着頭腦。

「很簡單，你去向負責放煙花的煙火隊那裏借來一些煙花。然後，等到晚上8時放煙花的時間，我們就……」福爾摩斯把心中的計劃詳細地說了一遍。

「好計！馬奇被關在房間裏，應該不會傷及他，就這麼辦吧！」李大猩聽完大偵探的計劃後，已興奮得磨拳擦掌。

煙花之夜

太陽下山了，夜幕低垂，街燈把昏昏暗暗的街道勾畫出一個漂亮的輪廓。等候看煙花的人群從遠處傳來了忽高忽低的嘈雜聲。突然，四個黑影橫過昏暗的街道，不動聲色地閃到那房子的圍牆下。他們不是別人，就是我們的福爾摩斯、華生、李大猩和狐格森。

「快8點了，大家準備，一聽到煙花爆響，就立即行動！」福爾摩斯把嗓音壓得低低地說。

三人無聲地點點頭。

時間一分一秒地過去，四人屏着呼吸地等待。突然，空中傳來「砰」的一聲，第一枚煙花在空中爆響了！

福爾摩斯一個翻身越過圍牆，輕手輕腳地從

裏面把鐵門打開。他用眼神向左瞟了一眼，狐格森點點頭，迅即竄到房子左面的敞開着的窗戶下。同一時間，福爾摩斯自己也竄到右邊的

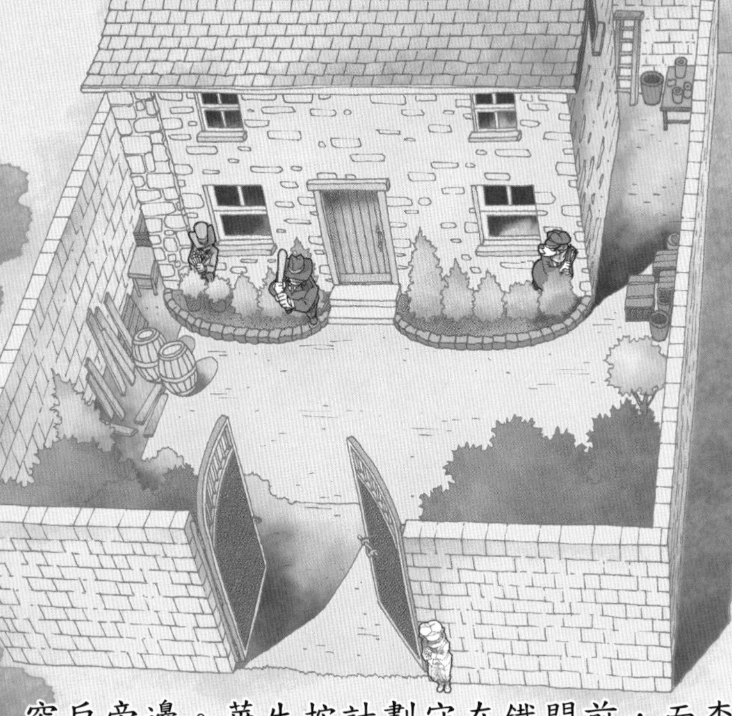

窗戶旁邊。華生按計劃守在鐵門前，而李大猩則走到院子的正前方，向窗戶下的兩個同伴各看了一眼，然後舉起手在自己的脖子前狠狠地一劃！

狐格森和福爾摩斯馬上點燃手上的煙花，然後舉手一扔，把煙花擲進各自的窗口之中。

同一瞬間，屋內「砰、砰」兩聲響起，花火從窗口噴出，接着又傳來幾下「砰砰砰」的爆炸聲，炸得屋內的人哇哇大叫。

這時，空中也爆響了幾枚煙花，群眾的歡呼聲此起彼落，震動了整個山坡，完全掩蓋了這邊的聲音。

三個歹徒一邊慘叫一邊奪門而出，但李大猩早已手握一枝木棒守在門外，他就像打棒球似的，歹徒一走出來就是當頭一棒，連打三棒

後，三個歹徒已倒在地上，昏過去了。

可是，大門口只是不斷地湧出**白煙**，眾人期待的刀疤熊卻沒有跑出來！福爾摩斯舉頭往窗內看去，只見客廳中**煙霧彌漫**，完全看不到內裏的動靜。

四人呆了幾秒鐘，仍未想到如何應對之際，一個龐大的身影已從大門口的白煙中緩緩步出。他是**刀疤熊**！刀疤熊終於現身了！

李大猩連忙舉起木棒正想打去，但定睛一看，只見刀疤熊一手箍着馬奇的脖子，一手持槍指着馬奇的**胸口**！

「來呀！夠膽就打過來！」刀疤熊向李大猩怒吼。

李大猩並未被吼聲嚇着，只是投鼠忌器，為免傷着馬奇，只好連退兩步。

「刀疤熊！你已被我們包圍了，快棄械投降吧！」這時，狐格森已舉槍指着刀疤熊。

「對，你已逃不掉了，快投降吧！」福爾摩斯也盯着刀疤熊叫道。

「嘿嘿嘿，你當我是傻瓜嗎？」刀疤熊冷冷地道，「我逃獄時已殺死了好幾個人，被你們抓回去的話必判死刑。你說，我又怎會投

降？」

「你想怎樣？只要不傷及馬奇，我們可以談。」福爾摩斯說。

「**不要管我！**」馬奇大叫，「絕對不可放過——**嗚！**」

馬奇還未說完，刀疤熊用力一箍，已箍得他說不出話來。

「嘿嘿嘿，這大騙子雖然想死，但你們不想他為我**陪葬**吧？」刀疤熊異常冷靜地說，「把他的錢拿來，再放我走，我就放他**一條生路**。」

「傻瓜！我們是

蘇格蘭場的警探，怎會拿錢來給你！」李大猩破口大罵。

「嘿嘿嘿……」刀疤熊對被箍得滿面通紅的馬奇說，「我不是叫你準備好錢的嗎？他說沒錢，你說，我怎可以讓你活着離開？」說完，他那扣在扳機上的食指已逐漸收緊。

「且慢！」福爾摩斯連忙制止，「我不是蘇格蘭場的人，我可以付錢。」

「好呀，錢呢？」刀疤熊以懷疑的眼神盯着福爾摩斯說。

「現在沒有，我們要時間準備。」

「哼！廢話，你只是想拖延時間罷了。你以為我會相信你嗎？」刀疤熊一頓，又對馬奇冷笑道，「嘿嘿嘿，看來我已死期不遠，但你會比我先走一步呢。」

「不要呀！」突然，華生身後傳來一下女人的尖叫聲。

眾人都赫然一驚，還未回過神來，已見凱蒂衝到院子中間，她舉起手上的布偶叫道：「你要錢嗎？這裏有錢，拿去吧！請你不要殺我爸爸！」

「凱蒂……你……不可以……」馬奇從喉頭中迸出低沉的驚叫。

「嘿嘿嘿，果然是虎父無犬子，老子是個臭名遠播的大騙子，連女兒也是個睜着眼睛說謊話的臭丫頭。」刀疤熊譏笑道，「你以為那布偶是黃金打造的？怎會值錢！」

「凱蒂，你退下！」福爾摩斯雖然被凱蒂的出現嚇了一跳，但也馬上鎮靜下來勸阻，「這裏由我們來處理。」

「不！我非常感謝你們的幫忙。」凱蒂嚴詞拒絕，「但爸爸是我的，我一定要救爸爸。而且，我有錢！」說着，凱蒂拉開布偶後面的拉鏈，掏出了十幾顆閃閃發光的鑽石！

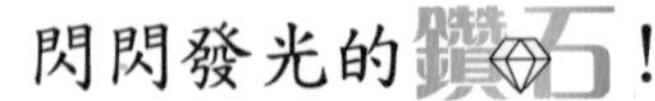

「啊！」福爾摩斯等人看到鑽石，都意外得驚叫

起來。

「這些鑽石值幾千鎊，你放了我的爸爸，我就給你！」凱蒂攤開手掌，一步一步地走向刀疤熊。這時，空中又爆響幾枚煙花，映照着一個為救父親而顯得無畏無懼的女兒。

刀疤熊雖然在黑道中身經百戰，又在監獄中打敗無數敵手而成為老大，但也被這個表面弱不禁風的女子震懾了。剎那間，他箍着馬奇的手臂不期然地鬆了一下。

「**唏！**」馬奇趁機用頭頂猛地撞向刀疤熊的下顎，掙脫了那巨大有力的臂膀。可是，同

一瞬間，「**砰**」的一下槍聲響起，他的胸口**鮮血溢出**。奇怪的是，刀疤熊也**踉踉蹌蹌**地退後了幾步，看來他的胸部也中槍了。

「啊！」華生馬上知道，刀疤熊的那一槍，子彈先打中馬奇，並穿過他的胸口，再射到站在後面的刀疤熊身上。

刀疤熊竟吃了自己射出的一槍。

這時，「**噔**」的一聲響起，馬奇已倒下來了。

然而，刀疤熊卻好不容易站定了，他舉起手槍，就要向凱蒂射去——

千鈞一髮之際，福爾摩斯已竄到刀疤熊面前。他一手抓住刀疤熊前臂的衣服，另一手抓住他胸前，然後大喝一聲，那龐大的身軀已被凌空揪起，並隨即硬生生的摔在地上。

刀疤熊還想反抗，但狐格森的槍已指住他的額頭，叫他**不敢動彈**。

被眼前的情景嚇得呆了半晌的凱蒂回過神來，大叫一聲「**爸爸**」，就衝前撲到馬奇的身上，把他抱在懷裏。

「讓我來！」華生也連忙走過去為馬奇檢查傷勢並進行急救。

「凱蒂⋯⋯對不起⋯⋯我對不起你⋯⋯我連累了你⋯⋯」馬奇口齒不清地呢喃，眼中已眶滿了淚水。

「不！爸爸，你沒有對不起我，你是我的好爸爸！」凱蒂含着淚叫道，「**爸爸，我愛你！你千萬不要死！我每年生日，你還得送布偶給我！你不能死！**」

「不用擔心，看來沒有傷及要害，你爸爸不會死。」華生以肯定的語氣安慰道。

「啊！真的嗎？太好了！」凱蒂激動地把馬

奇抱在懷裏，開心得不斷**抽泣**。就在這時，空中「**砰！砰！砰！**」地接連爆響了幾圈色彩繽紛的煙花，群眾的歡呼聲又再響起，仿似為馬奇父女的團聚**喝彩**！福爾摩斯、華生、李大猩和狐格森不約而同地，臉上都展現出燦爛的笑容。

馬奇在醫院中被搶救後，已沒有生命危險，從他的口中，大家知道了布偶藏有鑽石的秘密。原來，他這次已有**必死的決心**，於是把自己的所有財產變賣換成鑽石，並暗中藏在布偶身上，作為沒有盡父親責任的**補償**。

不過，沒料到凱蒂在馬車上等候營救消息時，卻發現了布偶的秘密。於是，她就反過來利用這些鑽石，把父親**救出虎口**。

把刀疤熊等人拘捕後，福爾摩斯和華生回到貝格街221號B的門口，已是次日的清晨。

「想不到那布偶居然暗藏鑽石，馬奇真的不脫**騙子本色**，又把我們騙了。」福爾摩斯苦笑道。

「哈哈，但這次我們是**甘心情願**地被他騙吧。」華生笑道，「說起來，這一場綁架，反倒令馬奇兩父女冰釋前嫌，真是壞事變好事呢。」

「是啊。」福爾摩斯感慨地說，「看到他們兩父女的情深對話，真叫人感動啊，連平平無奇的煙花也顯得特別好看呢。」

「煙花？你不是說去查案的嗎？怎會去看煙花了？」一個聲音在兩人背後響起。

兩人轉頭一看，原來是小兔子和愛麗絲，他們兩眼充滿怒氣地盯着福爾摩斯。

「真沒禮貌，竟然偷聽別人說話。」福爾摩斯裝作不高興地說。

「別岔開問題。」愛麗絲死咬不放，「你不是去查案的嗎？為什麼去看煙花了？」

「我是去查案呀，不信你問問華生醫生。」

「你撒謊！查案怎會有心情看煙花，還說很好看！」愛麗絲叫道。

「對！你們不帶我們去看煙花，卻自己跑去看了！實在太過分啦！**自私鬼！**」小兔子也加入戰團。

「哎呀，我們真的是去查案，又看到很好看的煙花呀。算了，秀才遇着兵，有理說不清，我走了！」福爾摩斯拋下這句說話，連忙轉身就跑。

「別走呀！我還未向你**收租**呀！」愛麗絲連忙追趕，「沒帶我們去看煙花，就快交租！」

「對！對！對！快交租！交租！」小兔子也**幸災樂禍**地邊叫邊追着跑了。

華生看着老搭檔狼狽地逃去的情景，不禁哈哈大笑起來。

科學小知識②

氣壓

我們乘飛機或升降機時，當升到一定高度後，耳內常會有點痛或閉塞的感覺，這其實是來自氣壓的影響。所謂氣壓就是大氣壓力（空氣重量產生的壓力），它無處不在，只是我們四周的壓力都一樣，平時難以察覺而已。

不過，如果拿着一包密封的薯片登上高山，就可馬上察覺氣壓的存在了。因為，錫紙袋會不斷膨脹，甚至爆開。這是由於越高的地方，空氣就越稀薄，故氣壓也會降低，但錫紙袋內的氣壓卻沒有變，當外壓減輕了，袋內的空氣壓力就會向外擴張，把袋子撐得脹起來了。

耳朵也一樣，因為耳內分外耳、中耳和內耳，外耳與中耳之間隔着一塊鼓膜，當外間氣壓下降後，中耳內的氣壓就會像錫紙袋一樣向外擴張（膨脹），令人產生刺痛和閉塞的感覺了。本故事中，福爾摩斯就是憑着這點，知道凱蒂曾被帶往山坡上，從而找出刀疤熊用作藏參的巢穴。

監獄①

我投訴！為何只有白飯，沒有壽司吃！

壽司不好吃，吃牛扒啦。
有嗎？那就牛扒吧。

不過要等。
等多久？

十年吧，你十年後才出獄。

監獄②

為什麼你吃壽司，我吃白飯！

我是警察，你是囚犯嘛。
囚犯也是人，怎可以歧視囚犯！

你不想被歧視嗎？
當然！應該一視同仁！

包食包住，每個月收五千。

監獄③
把馬桶放在
囚室中，
臭死人了！
忍一忍
吧。
太臭了！
怎能忍！
你誤會了，
我是叫你
忍住不拉屎。
監獄④
真慘，還有
五年才出獄。
我更慘，
還有十年。
我只剩兩天。
恭喜
你！
恭喜什麼？
我後天
問吊呀！

福爾摩斯科學小實驗

神奇的玉米粉！

先準備好圖中的物品。

把適量的玉米粉和水倒進水杯中攪勻，形成麵團。

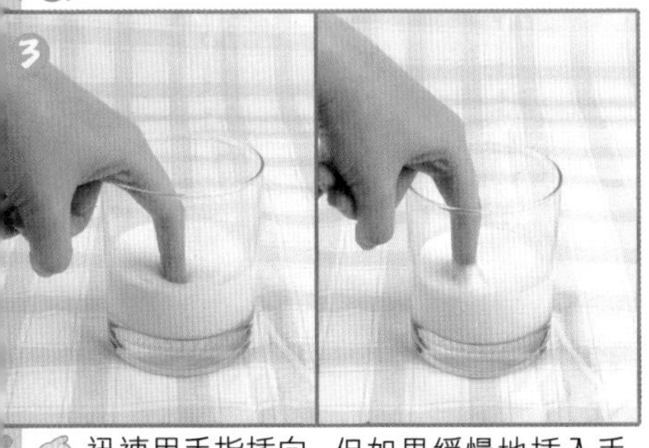

迅速用手指插向麵團，你會感到麵團有點硬，不易插入。

但如果緩慢地插入手指，然後拉出，你會看到手指被麵團黏住。

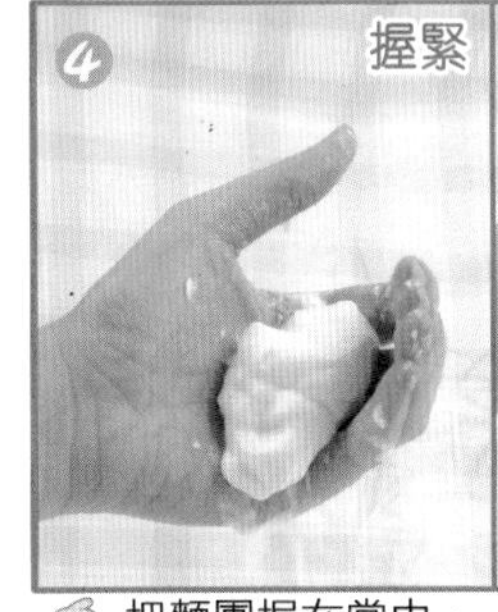

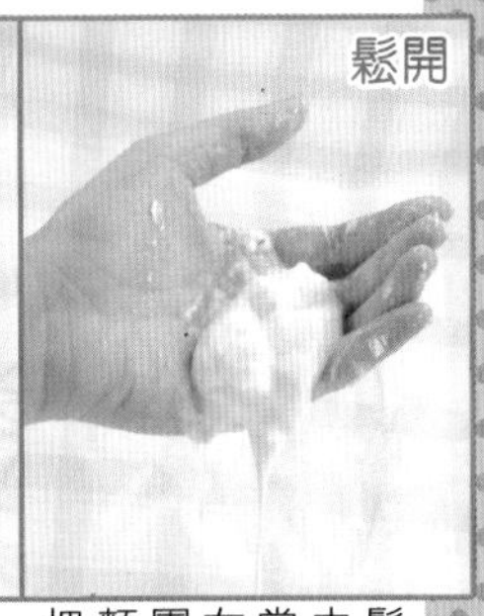

把麵團握在掌中，你會發覺麵團很結實。

把麵團在掌中鬆開，麵團就會像糊似的流下。

科學解謎 為何握緊麵團後，會令你有「結實」的感覺呢？原來，麵團受突如其來的壓力後，原本在麵團中的水分會迅速均勻地滲於粉末之間，令麵團表面變乾，使人有「結實」的感覺。反之，鬆開手（消除壓力）後，原本在粉末之間的水分就會流出，麵團也就變成糊狀了。這就像我們在沙灘散步時，會發覺滲了海水的沙地會比沒滲水的沙地「結實」一樣。

原著人物／柯南·道爾
（除主角人物相同外，本書故事全屬原創，並非改編自柯南·道爾的原著。）
小說&監製／厲河　　繪畫&構圖編排／余遠鍠
繪畫（造景）／李少棠　造景協力／周嘉詠
封面設計／陳沃龍　內文設計／麥國龍　編輯／盧冠麟、郭天寶

出版
匯識教育有限公司
香港柴灣祥利街9號祥利工業大廈2樓A室

承印
天虹印刷有限公司
香港九龍新蒲崗大有街26-28號3-4樓

發行
同德書報有限公司
九龍官塘大業街34號楊耀松（第五）工業大廈地下
電話：(852)3551 3388　傳真：(852)3551 3300

第一次印刷發行　2015年12月
第七次印刷發行　2020年12月

ISBN:978-988-14019-8-4
港幣定價HK$60
台幣定價NT$270